Ausgerechnet Jenny!

von

Ulrich Conrad

2. Auflage

Für den Kauf dieses Büchleins bedanke ich mich. Ich wünsche gute Unterhaltung und viel Freude beim Lesen.

Außerdem bedanke ich mich bei meinem Onkel, Thomas Günther, Lektor im Ruhestand, für das Lektorat.

Ulrich Conrad

Bibliografische Information der Deutschen Nationalbibliothek: Die Deutsche Nationalbibliothek verzeichnet diese Publikation in der Deutschen Nationalbibliografie; detaillierte bibliografische Daten sind im Internet unter http://dnb.dnb.de abrufbar.

Lektorat: Thomas Günther
Titelbild: Foto mit ICE vom Autor „2182694“ und Foto einer Frau von Engin Akyurt über Pixabay.

Herstellung und Verlag:
BoD – Books on Demand, Norderstedt

ISBN: 978-3-7322-3078-5

Bahnfahrt nach Leipzig

Hoffentlich hat der ICE nach Dresden Verspätung, sonst komme ich erst weit nach Mitternacht zu Hause an. Mit schwerem Rollkoffer eile ich auf den Bahnsteig und sehe gerade noch die roten Lichter meines Zuges in der Abenddämmerung verschwinden. Nicht einmal auf die Unpünktlichkeit der Bahn ist Verlass.

Einem kurzen Ausruf des Zornes folgt der Blick auf die Bahnhofsuhr in Fulda. Es ist Viertel nach acht. Eigentlich schon spät genug, um nach Hause zu fahren, doch nun bleibt mir nichts anderes übrig, als noch eine Stunde auf den nächsten ICE zu warten.

Ich gehe zurück in das Bahnhofsgebäude, verzehre einen kleinen Imbiss und begebe mich wieder auf den Bahnsteig. Allmählich beginnt er sich zu füllen, der nächste Zug wird erwartet. – Warum steht jetzt „Leipzig" auf der Anzeige? Fährt er nicht bis Dresden? Habe ich etwa den letzten verpasst? – Ach, das kann doch alles nicht wahr sein!

Mit leichtem Stöhnen atme ich tief aus. Es hilft ja nichts, dann fahre ich eben nur bis

Leipzig und warte dort auf den ersten morgendlichen Regionalexpress.

Hätte ich mich doch nur eher von den Kumpels verabschiedet. Das wird eine lange Nacht.

Zahlreiche Fahrgäste warten inzwischen auf dem Bahnsteig, als die Einfahrt des ICEs angekündigt wird. Endlich erscheinen drei weiße Lichter, Bremsen quietschen, die Türen öffnen sich. Einige Fahrgäste steigen aus, aber viel mehr drängen hinein. Auch ich zwänge mich in den gut gefüllten Zug aus Frankfurt.

Überall suchen Leute mit Gepäck nach freien Plätzen. – Fahrräder, Koffer, Rucksäcke, Jacken. – Ist irgendwo noch ein freier Sitz? Ja, dort, in dem Viererabteil, neben dem älteren Paar, das vis a vis am Fenster sitzt. Glück gehabt!

„Ist hier noch frei?"

Der mürrische Blick eines verkniffen wirkenden Mannes trifft mich. „Sieht so aus!" Dann dreht er mir wieder seine weißhaarig umkränzte Glatze zu und schaut aus dem Fenster.

„Danke." Ich versuche höflich zu bleiben, doch mein bemühtes Lächeln nehmen weder er noch seine Begleiterin wahr.

Sie sieht auf den Bahnsteig. „Hast du diese junge Frau mit ihren Tätowierungen gesehen? –

Einfach unmöglich“, keift sie.

Er stimmt ihr zu. „Früher hätte es das nicht gegeben.“

Jetzt muss ich meinen Koffer, über die Köpfe der Mitreisenden hinweg, in die Gepäckablage wuchten. Aber wie? Auf seinen Rollen kann ich ihn zwar recht gut hinter mir herziehen, aber die Steine aus dem Erzgebirge, um die mich Peter für seine Mineraliensammlung bat, sind irre schwer. – Und dann kommt er nicht zum Treffen! Er entschuldigt sich und will sie nächste Woche in Dresden abholen! Denkt er, dass die schweben? – Ob ich den Herrn um Hilfe bitte? Neben ihm stehen Gehstützen. Nein, der kann mir nicht helfen.

Ich lasse meinen Trolley im Gang stehen. Es geht nicht anders. Andere stellen ihr Gepäck ja auch mitten in den Weg.

Der Zug ist längst unterwegs. Nachdenklich beobachte ich die Frau mir gegenüber, mit ihrem verkniffenen Gesicht und ihren offensichtlich dunkel gefärbten Haaren.

Plötzlich sieht sie mich an. „Sind sie geschäftlich unterwegs?“

„Nein, privat.“ Vielleicht hilft diese Unterhaltung einer drohenden Langeweile zu entfliehen.

„Ich war auf einem Klassentreffen. Wir feierten 25 Jahre Abitur."

„Wie schön", sagt sie offensichtlich desinteressiert und wendet sich ab.

Mühsam freundlich bleibend lächle ich sie an. „Und wohin fahren Sie?"

„Gotha."

„Gerda", raunzt ihr der Alte zu, „das geht doch keinen was an."

Schweigend dreht sie sich zum Fenster. Das Gespräch ist beendet.

Nach schneller Fahrt hält der Zug in Bad Hersfeld. Es steigen viele aus, aber auch einige ein, sodass die Sitze noch immer nicht ausreichen. Auf dem einzelnen Platz mir gegenüber liegt jedoch nur die Handtasche der jetzt schweigsamen Seniorin, als wäre er belegt. Wahrscheinlich bleibt er genau deswegen frei.

Einige Leute müssen stehen. Sie murren über das allerorts störende Gepäck. Auch mein Trolley ist im Weg, einer stößt sich daran und flucht. „Verdammtes Gerümpel, so was gehört in die Kofferablage!"

Die beiden Senioren blicken auf. Die Frau will vermutlich nicht als Eigentümerin in Verdacht geraten. Mit ihrem Zeigefinger weist sie auf den

Meckernden. „Da haben sie ganz Recht, junger Mann.“

Dann beugt sich ihr Begleiter zu mir herüber. „Wissen Sie, wem dieser Trolley gehört?“

„Nein!“

Sollte ich jetzt zugeben, dass es meiner ist? Die beiden Alten haben das offensichtlich nicht mitbekommen, und ich würde den geballten Zorn dieser Leute auf mich ziehen. Wenn der Zug in Leipzig endet, müssen ja alle aussteigen. Dann kann ich als Letzter aufstehen, mein Gepäck greifen und niemand wird es bemerken. – Vielleicht steigt der Schimpfende auch schon vorher aus. – Hoffentlich.

In Eisenach wird es erneut unruhig. Die einen wollen hinaus, andere hinein, ein fürchterliches Gedränge. Der Zug wird immer voller, als ich in der stickig werdenden Luft plötzlich eine wohlklingende weibliche Stimme höre. In dieser unangenehmen Atmosphäre kommt sie mir fast wie Vogelgezwitscher vor. „Entschuldigung, ist der Platz noch frei?“

Mit stechenden Augen sieht die Alte das Mädchen an, ergreift aber dennoch die Handtasche und legt sie wortlos auf ihren Schoß.

„Danke“, sagt die sympathische, vielleicht

Zwanzigjährige in Jeans und T-Shirt, während sie ihren Rucksack abnimmt, sich dabei herumdreht und sich an meinem Koffer stößt. „Aua!“

„Dieses Gepäckstück gehört uns nicht“, erklärt der neben mir sitzende Mann unverzüglich.

„Mir gehört er auch nicht“, schließe ich mich meinem Vorredner an und bedaure sie. „Ich hoffe, Sie haben sich nicht allzu sehr gestoßen.“

„Aua“, wiederholt sie ein wenig weinerlich, „doch, das war ganz schön heftig.“

Die Alte keift gegen den unbekannten Trolleybesitzer. „Es ist wirklich schlimm, wie rücksichtslos manche Leute einfach den Gang zustellen.“

Nun kann ich ja unmöglich noch zugeben, dass es mein Koffer ist. „Ja, das stimmt“, bestätige ich daher.

Die junge Frau tut mir leid. Sie reibt sich ihr Schienbein, dann verstaut sie ihren Rucksack unter dem Sitz. – Wenn da nur mein Gepäck auch runtergepasst hätte. – Ihre offenen blonden Haare fallen nach vorn, doch nach kurzem Kopfschütteln fließen sie ihr wieder geschmeidig über die Schultern.

„Ist es noch schlimm?“, frage ich mitfühlend.

„Es geht. Ich werde wohl einen blauen Fleck

bekommen."

„Das tut mir leid."

„Sie können ja nichts dafür." Freundlich lächelt sie mich an, doch dann beginnt sie sich aufzuregen. „Aber ich möchte wissen, welcher Idiot diesen Koffer so in den Weg stellt."

„Tja, das wüsste ich auch gern", antworte ich ebenfalls lächelnd, was mir nicht leicht fällt, denn mein schlechtes Gewissen meldet sich.

Dann heitert sich ihr Gesicht mit diebischer Freude auf, sie hat eine Idee. „Man müsste ihn nur beim nächsten Halt auf den Bahnsteig stellen. Wetten, dass sich der Eigentümer dann findet?"

Angst kommt in mir auf. Meint sie das ernst? Sicherheitshalber gebe ich ihr Recht. „Ja, das würde er bestimmt."

Hoffentlich macht sie das nicht wirklich. Aber könnte dieses zierliche Persönchen wirklich meinen schweren Trolley aus dem Zug werfen? Manchmal steckt mehr Kraft in einem Menschen, als man denkt, und wenn genügend Zorn hinzukommt? – Ich müsste ihr anbieten, das selbst zu machen. Dann bringe ich ihn zur Tür und steige selbst aus. Wenn ich erst draußen bin können die über mich denken, was sie wollen.

Oder soll ich es notfalls doch zugeben? – Wer weiß, bis wohin ich mit dem nächsten Zug käme? Fährt überhaupt noch einer? In Leipzig könnte ich im warmen Bahnhof warten, um möglichst früh weiter zu kommen. – Aber soll ich die ganze restliche Fahrt als Lügner dastehen? Als einer, der sein Gepäck rücksichtslos stehen lässt und zu feige ist das zuzugeben? Nein! Da steige ich lieber aus.

Nach wenigen Minuten scheint sie jedoch alles um sich herum vergessen zu haben. Sie schreibt Kurzmitteilungen auf ihrem Smartphone, schmunzelt dabei vergnügt, wartet auf Antworten und schreibt erneut.

Wir nähern uns Gotha.

„Wir möchten jetzt aussteigen“, meldet sich der Mann neben mir.

Es ist immer noch eng im Zug, mein Koffer steht weiterhin im Weg, der Alte greift nach seinen Gehstöcken, einer fällt um, das Mädchen fängt ihn auf. „Bitteschön.“

„Danke“, brummt er und beginnt auch gleich zu schimpfen. „Dieser Trolley ist ja immer noch da.“

„Ja, es scheint fast, als gehört er niemandem“, meint die hilfsbereite Schönheit.

„Das gibt es nicht“, korrigiert die Seniorin, während sie eine Reisetasche aus der Gepäckablage angelt. „Irgendjemand muss den Koffer ja da hingestellt haben.“

Mir kommt eine Idee. „Wissen Sie was? Jetzt, wo da oben Platz ist, verstaue ich ihn einfach dort. Dann ist er aus dem Weg und der Eigentümer wird sich bestimmt bald finden.“

Sie zeigt sich verwundert. „Na, wenn Sie meinen. Es ist doch aber nicht ihre Sache.“

„Das mache ich auch nur, damit sie besser vorbei kommen.“

„Das ist sehr aufmerksam“, stellt ihr Mann fest, ohne dabei auch nur ein wenig freundlicher zu wirken.

Mein Koffer ist jedoch nicht leichter geworden. Im Wissen, wie wichtig es ist, ihn dennoch ordentlich zu verstauen, gebe ich mir alle Mühe. Mit viel Kraftaufwand hebe ich ihn an, als auch schon mein hübsches Gegenüber aufsteht und mit anpackt. „Ich helfe Ihnen.“

Mein Gewissen meldet sich erneut. „Oh, das ist aber nicht nötig.“

„Doch, wenn jemand Gutes tut, soll man helfen.“

Der Zug steht. Er wird leerer. Sie stöhnt unter

der Last, und klein wie sie ist, kann sie mich auf dem letzten Stück kaum noch unterstützen. Endlich ist dieses Schwergewicht verstaut!

„Ich möchte wirklich wissen, welchem Idiot dieses Monstrum gehört“, überlegt meine Abteilgenossin halblaut. „Sind da Steine drin?"

Ich muss diese Äußerung wohl hinnehmen. – Wenn sie wüsste, wie recht sie hat!

Sie rutscht ans Fenster. Die anderen Plätze bleiben frei. Wieder schreibt sie eine SMS, und noch eine, und noch eine. Falls sie in Erfurt aussteigt, ist niemand mehr da, der sich vorhin über meinen Koffer geärgert hat, und ich kann mich bedenkenlos meinem Gepäck widmen. – Wenn sie aber bis Leipzig weiterfährt, dann tue ich so, als wollte ich nicht lange im Gang herumstehen, sondern mich erst erheben, wenn sich der Stau an der Tür auflöst.

In Erfurt bleibt sie sitzen. – Ich muss also in Leipzig gut aufpassen, um mich nicht ihr gegenüber zu blamieren. Bis dahin freue ich mich, dass mein Koffer endlich ordentlich verstaut ist. – Ich bin auch nicht böse darüber, dass diese hübsche Frau immer noch mir gegenüber sitzt. Sie gefällt mir. Schade, dass ich mindestens zwanzig Jahre älter bin.

Hinter Erfurt simst sie munter weiter, doch auf einmal scheint ihr eine Antwort nicht zu gefallen. Ihr strahlendes Gesicht verfinstert sich. Sie schreibt zurück. Wieder kommt eine Reaktion. Ihr Mund öffnet sich leicht vor Entsetzen. Jetzt wählt sie eine Nummer und führt ihr Gerät zum Ohr.

„Jenny, hier! Wie hast du das gemeint?“ – „Was soll das heißen?“

Ihre Stimme wird zunehmend unglücklicher.

„Aber ich liebe dich doch!“

Ach, darum geht es. – Natürlich! – Was sollte einem so jungen Ding auch sonst Kummer bereiten?

Ihre Augenlider werden feucht. „Wieso Svenja? Was will *die* denn von dir?“ – „Aber wir sind doch glücklich!“ – „Das kann doch nicht dein Ernst sein?“ – „Dennis!“

Sie verstummt. Ihr Blick erstarrt. Er hat sicher aufgelegt.

Im Laufe von Sekunden sackt sie in sich zusammen, hält die Hände vor ihr Gesicht und beginnt vor sich hin zu wimmern und gelegentlich zu schniefen.

Das ist nicht mit anzusehen. Ich reiche ihr ein Taschentuch. „Hier! Nehmen Sie das.“

Für einen Augenblick sieht sie zu mir auf, ihre Wimperntusche läuft über die Wangen. „Danke."

Sie schnaubt ihre Nase, wischt sich ihr Makeup halbwegs weg, wirft das Tuch in den Müllbehälter unterm Fenster und schluchzt weiter.

„Kein Mann hat es verdient, dass man so um ihn weint", versuche ich zu trösten.

„Er ist so ein Idiot!", schreit sie in einem überraschenden Zornesausbruch. „Er ist jetzt mit meiner besten Freundin zusammen."

„Oh! Dann ist das aber keine gute Freundin."

„Was soll ich denn jetzt machen?", jammert sie. „Bei Svenja habe ich mich immer ausweinen können, und Dennis hat mich gestützt. – Jetzt habe ich niemanden mehr." Sie wird etwas leiser. „So ist mein Leben doch völlig sinnlos."

Jetzt beginne ich mir Sorgen zu machen. „Seien Sie mal nicht so pessimistisch. Es geht immer irgendwie weiter."

Sie heult. „Nein, ohne Dennis hat doch alles keinen Sinn."

„Aber, junge Frau..."

„Sagen Sie Jenny."

„Okay, Jenny, es warten bestimmt noch viele nette Männer nur darauf Sie kennen zu lernen."

„Ich liebe aber Dennis."

Erneut umströmen Tränen ihr hübsches Stupsnäschen. Sie tut mir unendlich leid. Wie kann ein junger Mann mit so einer liebesbedürftigen und hilfsbereiten Frau einfach Schluss machen? „Ich fürchte, der hat Ihre Liebe nicht verdient“, sage ich.

Sie beruhigt sich ein wenig. „Das glaube ich auch.“ Sie zögert einen Moment und sieht kurz zu mir auf. „Entschuldigung. Ich will niemanden mit meinem Kummer belästigen.“

„Das macht doch nichts. Es gibt Momente, da braucht man einfach Trost.“

„Danke. – Wie heißt du denn?“

„Ich bin der Andi.“

„Ich bin die Jenny. – Willst du auch nach Leipzig?“

„Eigentlich will ich nach Dresden.“

„Na, da hast du ja noch ein ganzes Stück vor dir.“

Ist ihr nicht klar, dass dieser Zug in Leipzig endet? Umso besser, dann wundert sie sich nicht, wenn ich nachher noch sitzen bleibe.

Meine stärker werdende Müdigkeit lässt in mir den Wunsch nach einem Hotelzimmer wachsen. Dann komme ich zwar noch später nach Hause, aber dafür ausgeschlafen.

Sie schweigt einen Moment, doch kurz darauf beginnt sie zu grübeln. „Was mache ich denn jetzt bloß in Leipzig?“

„Wohin wolltest du denn dort?“

„Na, zu Dennis!“ Sie beginnt erneut zu weinen.

Meine Taschentücher gehen zu Ende.

Kopfschüttelnd suche ich nach Lösungen. „Das wird wohl nicht mehr gehen. Kannst du nicht gleich wieder zurück fahren?“

„Um diese Zeit? Es ist spät abends! – Ich will auch nicht zurück, ich will zu Dennis!“

Oje, wie stellt sie sich das vor?

„Wenn er mich nicht aufnimmt“, sie beginnt zu heulen, „dann werfe ich mich vor’n Zug.“

Andere Reisende schauen teils mürrisch, teils besorgt zu uns, aber sie halten sich heraus. Es geht sie ja nichts an. Geht es mich *mehr* an? Bei solchen Worten müsste doch *jeder* versuchen zu helfen. „Aber Jenny, so darfst du nicht denken.“

„Wieso? Wer will mir das verbieten? Du etwa?“

„Nein, nein.“

„Eben, du bist nicht so ein Egoist, wie der Typ, der sich nicht um seinen Koffer kümmert.“

Schon wieder der Koffer! Hätte ich ihn nur

gleich oben deponiert. „Jenny, ich mache mir doch nur Sorgen. Auch wenn du jetzt voller Kummer bist, wird es dir bald wieder besser gehen."

„Ach, was weißt du schon." Sie greift zum Smartphone, wischt energisch mit ihren zarten Fingern darauf herum und hält es ans Ohr.

„Dennis? Jenny hier. Das kannst du mit mir nicht machen, ich..."

Sie unterbricht! Ihre Augen sind starr vor Schreck, dann beginnt sie wieder zu weinen. „Er hat aufgelegt! – Er hat einfach aufgelegt!"

Der Zug nähert sich Leipzig. Sie muss aussteigen. Sie wird vielleicht zu ihrem Dennis gehen. Der wird sie abweisen. Was wird sie dann tun? Sie braucht Hilfe. Wer kann sie ihr geben? Soll ich sie zur Bahnhofsmission schicken? Würde sie dort überhaupt hin gehen?

„Was wirst du jetzt in Leipzig machen?"

„Dennis ist so ein Mistkerl! Er muss mich einfach aufnehmen! Ich bring ihn um, wenn er mich nicht aufnimmt, und dann mich." Ihre Stimme schwankt zwischen Zorn und herzzerreißendem Schluchzen. „Wo soll ich denn sonst hin?"

„Du könntest dir ein Hotelzimmer nehmen."

„Das kann ich mir nicht leisten."

„Oder zur Bahnhofsmission gehen."

„Nein! Wenn ich nicht zu Dennis kann, will ich nicht mehr leben."

Was mache ich nur? Meint sie das ernst? Ich weiß keinen Rat mehr. „Red' dir nicht so was ein. Lass uns in Ruhe überlegen, was wir tun können."

„Wann denn? Wir sind doch gleich da, und du willst weiter nach Dresden."

Stimmt. Der Zug hält gerade am Flughafen Halle/Leipzig. Zum Hauptbahnhof kann es nicht mehr weit sein. Ich kann sie jetzt unmöglich alleine lassen. – Mir fällt mein Gepäck ein. Wenn ich es mitnehme, merkt sie, dass ich sie belogen habe. Das darf keinesfalls passieren! Ich muss aber mit ihr aussteigen! – In mir kommt Panik auf. Wie löse ich das Problem?

Eigentlich habe ich nichts wirklich wichtiges im Trolley, zumindest keine Wertsachen. Meine Papiere, Geld, Kreditkarte und Ausweis habe ich bei mir und auf Peters Steine kann ich gut verzichten. Wenn ich dieses Monstrum nun einfach im Zug lasse? Er endet ja hier, also bleibt der Koffer erst mal in der Nähe. Wenn ich für Jenny eine Lösung habe, kümmere ich mich noch heute Nacht um ihn, bevor er morgen sonst wo hinreist.

Aber was mache ich mit Jenny? Wir könnten in ein Hotel gehen und dort übernachten. – Oje, was soll sie von mir denken? Natürlich zahle ich ihr ein eigenes Zimmer! Ich will doch gar nichts von ihr und kann mir das zum Glück auch leisten. Sie ist viel zu jung für mich. – Gefallen würde sie mir schon, aber ich bin mit 44 sicher doppelt so alt. – Ach ja, eigentlich bin ich doch auch noch jung, aber für sie bestimmt nicht. Wie auch immer, ich muss mich um sie kümmern.

Der Zug schwankt über die Weichenanlagen vor dem Leipziger Hauptbahnhof. Eine Ansage verkündet, dass die Fahrt hier endet. Das Zugpersonal verabschiedet sich von den Fahrgästen.

„Du, Andi, der Zug endet hier. Ich dachte, du wolltest nach Dresden."

„Ja, das kann ich dann wohl nicht. Jetzt stranden wir beide in Leipzig."

Ihr Gesicht hellt sich ein wenig auf. Sie wirkt erleichtert. Ich kann verstehen, dass sie nicht ganz allein in dieser fremden Stadt ankommen möchte, wo sie so unerwünscht ist.

„Wie kommst du nun weiter, Andi?"

„Ich werde mir bis morgen früh ein Hotelzimmer nehmen. Zunächst will ich aber sicher gehen, dass es dir gut geht. Lass uns im Bahnhof eine Tasse Kaffee trinken, und darüber nachdenken, wie du nach Hause kommst.“

Sie seufzt. „Ach, was soll’s. Gut, dann trinken wir einen Kaffee.“

Der Zug hält. Mein Koffer bleibt ruhig und ungestört in der Gepäckablage zurück. Wir drängen zur Tür. „Schade", meint Jenny beim Aussteigen, „ich hätte gerne noch mitbekommen, wem dieses Schwergewicht gehört.“ Sie blickt zurück in Richtung Koffer, doch blockieren inzwischen andere Fahrgäste die Sicht.

„Vielleicht hat ihn jemand vergessen.“

Wir betreten den Bahnsteig.

„Wer soll denn so ein riesiges Teil vergessen? Das glaube ich nicht. Keiner außer dir ist ohne Gepäck gefahren. – Wieso hast du eigentlich nichts dabei?“

„Oh, ich war nur für einen Tag in Fulda, habe dort etwas erledigt und bin gleich wieder zurück.“

„So ein weiter Weg, nur um etwas zu erledigen?“

„Ja, Geschäfte sind manchmal ganzschön stressig.“

„Wenn du meinst.“

Jetzt belüge ich sie auch damit noch. Mein

Klassentreffen muss ich nun verschweigen, aber ein so kurzer Aufenthalt kann nur geschäftlich sein. – Verflixt, ich habe nichts, um die Wäsche zu wechseln, nichts zur Körperpflege, na egal, das wird schon irgendwie gehen. Sie wird sich darüber nicht wundern, denn bei einer Tagesfahrt hätte ich all das ja auch nicht dabei.

Wir waren ganz vorne im Zug. Es ist nicht weit, bis zum Querbahnsteig des Kopfbahnhofs. Unsere Blicke schweifen über eine Brüstung ins Untergeschoss des Einkaufszentrums, in das sich der Bahnhof bereits vor Jahren verwandelt hat.

„Lass uns in das Café da unten gehen“, bittet sie mich. „Vielleicht können wir noch eine Kleinigkeit essen. Ich habe Hunger.“

Das Lokal sieht akzeptabel aus. Man kann sich bequem hinsetzen, eine Kleinigkeit verzehren und in Ruhe plaudern. Wir setzen uns an einen kleinen Tisch für zwei Personen.

Bevor mein Trolley sonst wo landet, muss ich auch noch mit jemandem von der Bahn sprechen. „Jenny, ich will mich noch schnell nach Verbindungen für morgen erkundigen“, lüge ich in der Hoffnung sie einen Moment allein lassen und nach meinem Gepäck fragen zu können.

„Wozu? Es fahren doch ständig Züge nach

Dresden.“

Sie hat ja Recht.

Die Auswahl im Café ist zu so später Stunde nicht mehr groß, aber einen kleinen Snack für Jenny gibt es noch und Kaffee ebenfalls. Zum Glück koffeinfreien. Die Nacht kann noch schlimm genug werden.

Nun sitzen wir hier und schweigen uns an, dabei rennt mir die Zeit davon. Ich muss mich um meinen Koffer kümmern! Ein Hotel müssen wir auch noch finden. Ich unterbreche die Stille. „Was machen wir jetzt? Willst du immer noch zu dem Typ?“

„Ach, ich weiß nicht. Das hat wohl wirklich keinen Sinn.“

Sie sieht so verzweifelt, so unglücklich aus, aber wenigstens weint sie nicht mehr.

„Wir sollten uns nach Hotelzimmern umsehen. Es ist spät.“

Ein skeptischer Blick durchdringt mich, als wollte sie angestrengt in meinen Gedanken lesen. „Wie meinst du das?“

„Ein Zimmer für mich, und ein anderes für dich“, stelle ich klar. Hoffentlich erkennt sie, dass ich es gut meine.

Ihr Blick wandert verschämt auf der Tischplatte umher. „Ich kann mir kein Hotel leisten."

„Keine Sorge, ich bezahle auch *dein* Zimmer."

Sie lächelt kurz, dann sieht sie wieder traurig auf ihre Tasse. „Das kann ich nicht annehmen."

„Doch", sage ich, „das kannst du. Mach dir da keine Gedanken."

Mit großen Augen lächelt sie mich an. „Du bist ein guter Mensch."

Ihre Schönheit beginnt mich zu verzaubern, als ein paar unverständliche Durchsagen durch den Bahnhof hallen.

Der Kaffee ist mir zu heiß. Ich rühre ihn um, als es am Nachbartisch unruhig wird. Unserem Tisch nähern sich zwei Männer von der Bundespolizei. Einer spricht uns an. „Wir müssen Sie leider auffordern, sofort das Bahnhofsgelände zu verlassen. In einem Zug wurde ein herrenloses Gepäckstück gefunden, es könnte sich um eine Bombe handeln!"

Jennys Freundschaft

Überall Polizei. Es herrscht Chaos. Mitten in der Nacht werden wir, wegen dieses unsinnigen Bombenalarms, aus dem Bahnhof gedrängt. Hätte ich nur nicht wegen Jenny meinen Koffer im Zug gelassen. Zum Glück enthält er neben Peters Steinen nur Wäsche und Sachen zur Körperpflege, nichts, was auf mich schließen lässt.

Wenn ich wenigstens schon in Dresden wäre und nach Hause käme... – Aber selbst wenn der ICE weiter gefahren wäre, hätte ich Jenny nicht allein lassen können. Nun muss ich auch noch ein Hotelzimmer finden.

„Lass uns von hier verschwinden“, unterbricht meine Zugbekanntschaft diese Gedanken und mahnt zur Eile. „Wenn die Bombe hochgeht, sind wir womöglich nicht weit genug weg.“

Mein Koffer wird nicht explodieren, aber wie soll sie das wissen? – Hätte ich ihn nur gleich in die Gepäckablage gewuchtet, statt ihn im Gang stehen zu lassen oder dazu gestanden, der Eigentümer dieses Hindernisses zu sein, anstatt zu hoffen ihn am Ende der Fahrt unbemerkt mitnehmen zu können. Hätte ich nur nicht Jenny und die anderen Fahrgäste deshalb belogen. – Sie darf keinesfalls erfahren, dass ich ihn nur zurückließ, um nicht ihr Vertrauen zu verlieren. Wer sollte sie sonst daran hindern, sich in ihrem Liebeskummer womöglich etwas anzutun?

Vor dem Hauptbahnhof sperrt die Polizei den Willy-Brandt-Platz ab, die letzten abendlichen Straßenbahnen werden umgeleitet, überall funkelt Blaulicht.

Es ist erstaunlich, wie viele Menschen um diese Zeit noch unterwegs sind. Der Zugverkehr ist unterbrochen, die meisten Reisenden werden Leipzig heute nicht mehr verlassen können und eine Unterkunft suchen. Das wird mir klar, als ich sehe, wie die Menschen in der Nikolaistraße in das erstbeste Hotel stürmen. Einige bekommen wahrscheinlich noch ein Zimmer, für uns ist kein Platz mehr.

„Vielleicht nimmt Dennis mich ja doch auf, wenn wir kein Hotel finden."

„Glaubst du das ernsthaft? Er hat mit dir unmissverständlich Schluss gemacht!"

Erneut begeben sich Tränen auf ihren Weg, wie schon so oft heute Abend. „Nein. Du hast ja Recht."

„Ach, Jenny, es wird auch wieder schönere

Zeiten geben. Du wirst einen besseren Freund finden und glücklich werden."

„Ach, was weißt du schon."

Warum tue ich mir das eigentlich an? Warum kümmere ich mich um dieses fremde Mädchen? Bin ich vielleicht für sie verantwortlich? Muss ich sie vor sich selbst schützen, nur weil ihr geliebter Dennis jetzt mit ihrer besten Freundin zusammen ist? – Ich hätte keine Ruhe mehr, wenn ich sie einfach ihrem Schicksal überließe. Vielleicht wäre es auch unterlassene Hilfeleistung. Egal, ich kümmere mich darum, dass sie morgen wieder zurück nach Eisenach kann, dann fühle ich mich besser.

Es wird windig. Ein Donner durchlärmt die Nacht. Noch ist es trocken, aber am tiefschwarzen Himmel ist kein Stern zu sehen. Die Luft ist schwül.

Jenny zuckt zusammen. „War das die Bombe?"

„Nein, das war ein Donner."

Sie schaut zum Himmel. „Kommt ein Gewitter?"

„Es scheint so."

Ihr furchtsamer Blick verdeutlicht ihre Angst. Sie starrt mich an. „Lass uns schnell ein Zimmer nehmen, ich möchte die Nacht endlich hinter mich bringen."

„Zwei Zimmer", korrigiere ich. So sympathisch mir diese junge Frau auch ist, hätte ich ein schlechtes Gewissen, wenn ich ihre Situation ausnutzen würde. Zum Glück verdiene ich genug, um ihr diese Hilfe anbieten zu können.

„Ich kann das nicht bezahlen – und – ich habe Angst bei Gewitter."

„Du willst wirklich die Nacht mit mir verbringen?"

„Du bist so hilfsbereit." Sie lächelt mich an. „Da bin ich dir doch etwas schuldig."

„Was? Nein!", rufe ich entsetzt. „Du bist mir nichts schuldig, ich mache das gern."

Sie wirkt wieder trauriger. „Gefalle ich dir denn nicht?"

Und wie sie mir gefällt! Ich könnte mich durchaus in sie verlieben, aber hätte das eine Zukunft? Ich bin doch viel zu alt für sie. Sie mag sich in meiner Schuld fühlen, aber lieben wird sie mich nicht. Sie würde mich nur enttäuschen. „Du bist wunderschön und ich hätte dich gern an meiner Seite, aber ich möchte keinesfalls deine Notlage ausnutzen."

„Das wäre doch kein Ausnutzen. Du hilfst mir,

und ich gebe dir was dafür.“

Kopfschüttelnd schaue ich ihr in die Augen. „Das solltest du aber nicht!“

Verwundert sieht sie mich an. „Bist du schwul?“

„Nein, aber wenn ich mit einer Frau schlafe, dann aus gegenseitiger Zuneigung und nicht, damit sie sich erkenntlich zeigen kann.“

Kaum erkennbar nickt sie. „So einen wie dich, habe ich auch noch nicht erlebt.“

Es donnert erneut! Sie zuckt zusammen. „Bitte lass mich trotzdem nicht allein bei dem Gewitter.“

„Jenny, Gewitter sind völlig harmlos, wenn man erst im Haus ist.“

Einen Moment schweigen die Donner, bevor ein ohrenbetäubender Knall durch die Nacht lärmt. Der Blitz muss ganz in der Nähe eingeschlagen haben. In Panik drückt sie sich an mich, umarmt mich fest und lässt gleich wieder los. „Entschuldigung.“ Mit weit aufgerissenen Augen starrt sie mich an.

Geschmeichelt von ihrem Vertrauen lächle ich sie an. „Alles wird gut.“ – Hoffentlich wird es das wirklich.

Am Augustusplatz finden wir endlich ein Hotel, das noch ein freies Doppelzimmer hat. Nicht ganz billig, aber das ist egal. Jenny will ja unbedingt bei mir bleiben. – Na, wie sie will, ich weiß mich zu benehmen.

Vom Portier erhalte ich Zahnputzzeug und einen Kamm. Sogar einen Rasierapparat verkauft er mir. Das Zimmer im Vier-Sterne-Hotel ist geräumig, bietet viel Platz für Gepäck, das wir gar nicht haben und verfügt über ein Doppelbett. – Nun sind Jenny und ich allein. Das Gewitter tobt weiter. Was wird geschehen?

„Darf ich zuerst ins Bad gehen?"

„Bitteschön, Jenny."

Hoffentlich kommt sie nicht nackt heraus. Ich wüsste gar nicht, wo ich hinsehen sollte. So gerne ich diesen Anblick genießen würde, so peinlich wäre es mir doch. Sie bleibt lange hinter der Tür, das Wasser der Dusche rauscht, mich packt die Müdigkeit. Ich setze mich auf das Bett und lasse mich umfallen. Meine Lider werden immer schwerer, die Augen schließen sich.

Mit den Worten „Jetzt kannst du rein." weckt mich Jenny. Sie wird leiser. „Schläfst du schon?"

Meine müden Augen öffnen sich einen Spalt.

Sie hat ihr T-Shirt übergezogen. Es ist so lang, dass es auch ihren Slip verdeckt und beinahe wie ein Kleidchen wirkt. Darüber wallen ihre langen blonden Haare fast bis zur Taille. „Jetzt kannst du rein. Ich gehe ins Bett."

Annähernd im Halbschlaf, quäle ich mich bei weiterhin anhaltendem Donnergrollen ins Bad. Das war ein anstrengender Tag und ein nervenzehrender Abend. Ich erledige das Nötigste, da ich nur noch schlafen will.

Mir bleibt nichts anderes übrig, als die Nacht in Unterwäsche zu verbringen. Jenny wird das ertragen, sie wollte ja mit mir zusammen sein. Sie wird mich ohnehin kaum attraktiv finden, da sollte ich mir nichts vormachen. Sie wird bereits im Bett liegen und vielleicht schon schlafen, wenn ich ins Zimmer komme.

Jenny hat sich auf dem Bauch liegend unter der Bettdecke verkrochen. Nur ihre nackten Füße schauen hervor, ihren Kopf hat sie unterm Kissen vergraben. Es donnert, sie wimmert vor Angst.

„Jenny, das sind nur elektrische Entladungen. Die können hier im Haus nicht gefährlich werden."

Vorsichtig schaut sie unter dem Kissen hervor. „Endlich! Wo warst du denn so lange?"

„Schneller ging es nicht."

Auf meiner Seite kuschle ich mich in die Bettdecke, wie ich es immer mache. Um ihr sicherheitshalber zu demonstrieren, dass ich sie nicht belästigen werde, drehe ich ihr den Rücken zu. Was mag sie in ihren jungen Jahren für Erfahrungen mit Männern gesammelt haben? Es scheint für sie kaum vorstellbar zu sein, dass ich etwas ohne Gegenleistung für sie tue, nur aus Mitgefühl. Ich bin aber zu müde, um noch länger darüber nachzudenken.

Nach dem nächsten Donner spüre ich sie jedoch ganz deutlich an mich heranrücken. „Warum bist du so abweisend?"

Ja, warum bin ich eigentlich so abweisend? Wann habe ich schon so eine hübsche junge Frau neben mir im Bett? Bin ich noch zu retten, wenn ich diese Gelegenheit nicht nutze? Ich drehe mich zu ihr.

Ein weiterer Gewitterknall lässt sie erneut zusammenzucken.

Obwohl ich mir ganz anderes wünschen würde, entwickelt sich in mir ein beinahe väterlicher Beschützerinstinkt. „Keine Sorge, ich bin ja bei dir."

Mit geradezu rührendem Blick, der eine fast kindliche Schutzbedürftigkeit ausstrahlt, rückt sie etwas näher und gibt mir einen Kuss auf die

Wange. „Danke.“

Am liebsten würde ich diesen Kuss erwidern, doch sofort dreht sie sich um, und unter ihrer Decke schauen nur noch ihre blonden Strähnen hervor.

Einen Moment betrachte ich sie noch, bis meine Augen vor Müdigkeit zufallen.

Sonnenstrahlen erhellen das Zimmer. Ich öffne die Augen und befinde mich in einem Leipziger Hotelzimmer. Es war kein Traum. Neben mir müsste Jenny liegen. Ich lausche, ob sie zu hören ist, drehe mich zu ihrer Seite, doch sie ist verschwunden!

Ein übler Gedanke überfällt mich. Ist mein Geld noch da? Ich schaue in meine Hosentasche, in mein Portemonnaie, es ist alles da. Ich habe für sie getan, was ich konnte. Sie ist mir nichts schuldig. Wenn sie nun wieder ihre eigenen Wege geht, kann ich mich sofort auf den Heimweg machen. – Ach, hätte ich doch gestern nicht den letzten Zug nach Dresden verpasst. – Aber was wäre dann aus Jenny geworden? – Es war vielleicht besser so.

Ich wasche, rasiere und kämme mich, ziehe mich an und gehe zum Frühstück nach unten. Im Restaurant winkt mir Jenny zu. „Hier bin ich!“

Sie sitzt vor einer Tasse Kaffee und einem üppig gedeckten Frühstückstisch für uns beide.

„Guten Morgen, Jenny. Ich dachte schon, du wärst nicht mehr da."

Sie wundert sich. „Wieso? Ich wollte dich nur in Ruhe ausschlafen lassen."

„Danke. Hast du einigermaßen gut geschlafen?"

Grübelnd rührt sie etwas Zucker in ihren Kaffee. „Dennis ist ein Traummann."

Wie kann sie noch immer so viel von ihm halten? „Er ist aber untreu. Das gehört wohl kaum zu einem Traummann, oder?"

„Ja, er ist ein Idiot." Vorsichtig nippt sie am heißen Getränk. „Aber er sieht so gut aus", schwärmt sie ziellos in die Ferne blickend.

Sie wird Zeit brauchen, um über ihn hinweg zu kommen.

„Ich musste dauernd daran denken, wie sich Dennis und Svenja miteinander amüsieren, während ich in diesem Hotelzimmer neben *dir* liege."

„Mach dir keine Gedanken. Die beiden sind es gar nicht wert. Nachher holen wir für dich eine Fahrkarte nach Eisenach, verabschieden uns, und du findest neue Freunde."

Sie schweigt einen Moment, dann wird sie leise. „Wenn das nur so einfach wäre."

„Wieso?"

Sie zögert, schaut unsicher zur Seite und wird leiser. „Ich kann noch nicht nach Hause."

Verwundert sehe ich sie an. „Warum nicht?"

„Dennis hat noch meinen Laptop", flüstert sie nachdenklich. Dann erwacht in ihr neue Energie. Fest entschlossen starrt sie mich an. „Den muss ich wiederhaben!"

„Oje, ist dir dieser Laptop so wichtig? Du solltest den Typ meiden."

„Da sind aber Fotos abgespeichert vom Geburtstag meiner Oma im November." Ihre Stimme beginnt zu zittern. „Es war ihr letzter. – Kannst du nicht mitkommen?"

Das fehlte gerade noch. „Es wird nur Ärger bringen diesen Dennis zu besuchen."

Mit weit aufgerissenen Augen fleht sie mich an. „Bitte!"

Alles in mir sträubt sich dagegen, ihr auch noch diesen Gefallen zu tun. War meine bisherige Hilfe noch nicht genug? Ihr trauriger Blick lässt mich jedoch schwach werden. „Wo wohnt denn dieser Dennis?"

„In Leipzig-Grünau. Vom Bahnhof fährt die 15 dort hin."

Es führt wohl kein Weg daran vorbei, auch noch die Bilder der Oma zu retten. „Also gut, dann machen wir das eben.“

Während Jenny mit ihrem Rucksack sichtlich erleichtert neben mir steht, bezahle ich die Übernachtung.

„Hatten Sie kein Gepäck?“, wundert sich der Portier.

„Nein.“

„Er reist lieber ohne irgendwas“, äußert sich Jenny grinsend.

Ich frage nach der Linie 15.

„Da vorne, am Augustusplatz ist die Straßenbahnhaltestelle“, erklärt er, was uns den Fußweg zum Bahnhof erspart.

Nach ein paar Minuten nähert sich ein Zug nach Miltitz. „Ist das die richtige Richtung, Jenny?“

Sie nickt. „Ja.“

Zwei Kurven später fahren wir am Hauptbahnhof vorbei. Der Verkehr fließt ganz normal. Nichts erinnert an die Sperrung von heute Nacht. Früher hätte man meinen zurückgelassenen Koffer ins Fundbüro gebracht, wo ich ihn hätte abholen können. Heute vermutet man gleich eine Bombe. Was sind das nur für Zeiten?

Nach langer Fahrt durch die Stadt, bis in die Vororte, erreichen wir endlich Grünau, wo wir an der Parkallee die Straßenbahn verlassen. Flotten Schrittes schreitet Jenny durch eine kleine Grünanlage mit vierreihiger Baumallee, doch die Umgebung sieht mit ihren Plattenbauten weniger einladend aus. – Was mache ich hier eigentlich?

Von der Parkallee aus erreichen wir die Weißdornstraße. Das klingt alles so hübsch, doch wir erreichen den tristen Hof eines elfgeschossigen Wohnblocks. Von oben mag man eine schöne Aussicht haben, doch hier fühle ich mich nicht wohl. Was wird dieser Dennis für ein Typ sein? Wird er Jennys Laptop herausgeben? Wird er überhaupt mit uns sprechen? Ist er womöglich gewalttätig? Mir wird etwas mulmig.

Wir gehen auf eine Haustür zu, aus der gerade ein junger Mann heraus stürmt. Wenn wir uns beeilen können wir hinein, bevor sie zufällt und müssen nicht hoffen, dass uns dieser Dennis öffnet.

„Was machst *du* denn hier, Jannik?“, fragt Jenny den Entgegenkommenden zu meiner Verblüffung.

„Jenny!" Er scheint mindestens ebenso überrascht zu sein, dann wird er ruhiger. „Geh lieber nicht hinein. Weißt du, was da oben los ist?"

„Ja, ich weiß, er hat mit mir Schluss gemacht."

Jannik schüttelt verständnislos den Kopf. „Der spinnt doch völlig! Und Svenja kann mir auch gestohlen bleiben. Weißt du, das die beiden jetzt zusammen sind?"

„Er hat mir gestern eine SMS geschrieben."

„So ein Arsch! Nicht mal persönlich sagt er es dir. Svenja hat es mit mir genauso gemacht. Du wirst ihn nicht umstimmen können, und wenn du mich fragst, er hat dich auch nicht verdient."

„Er muss mir aber meinen Laptop zurückgeben."

„Na, ob er das macht?"

„Kannst du nicht mit uns kommen? Das wäre sicher besser."

Er pustet kurz. Seine Unlust ist deutlich spürbar, dann fällt sein Blick auf mich. „Ist das dein Vater?"

„Nein, das ist Andi, ein Bekannter."

„Freut mich." Er reicht mir die Hand. „Ich bin der Jannik."

„Andi."

„Und Sie kommen auch mit nach oben?"

„Na ja, mein Wunsch war es nicht gerade."

Er nickt. „Zu dritt sind wir stärker."

Hoffentlich brauchen wir diese Stärke nicht. Dieser Jannik wirkt schmächtig, eine Brille trägt er auch, vor ihm wird sich kaum jemand fürchten. Ich möchte wissen, wie er die Lage einschätzt. „Kennen Sie den Herrn, den wir besuchen wollen gut?"

Wortlos glotzt er mich an, als käme ich von einem anderen Stern.

Jenny kichert. „Mensch, Andi, was redest du denn da? Dennis ist kein Herr, sondern ein Idiot und ihr beide könnt euch auch duzen."

Das hat sie zwar nicht zu entscheiden, aber um die Peinlichkeit zu verkürzen nicke ich zustimmend. „Okay, Jannik, wir können uns auch duzen. Ist der Typ da oben gefährlich?"

Nur für einen Moment wirft er einen Blick auf Jenny, dann kratzt er sich am Kopf. „Willst du lieber kneifen, Andi?"

Eigentlich schon, aber welchen Eindruck würde das machen? Ich schüttle den Kopf. „Es wird schon gut gehen."

„Na, dann wollen wir mal." Entschlossen schreitet Jannik zur Haustür, die natürlich längst zugefallen ist und drückt auf sämtliche Klingelknöpfe. Irgendjemand öffnet ohne nachzufragen und wir sind drinnen.

Mit dem Fahrstuhl geht es nach oben, bis wir vor Dennis' Wohnung stehen. Jannik klopft kräftig gegen die Tür.

Ein Berg von einem Mann öffnet sie einen Spalt weit. Sofort streckt Jenny ihren Fuß dazwischen. „Gib mir nur meinen Laptop zurück, dann gehen wir wieder."

Die Tür schlägt gegen ihren Schuh. Dennis öffnet sie wieder, versperrt den Zutritt aber mit seinem muskelbepackten Körper, der mich unweigerlich an Möbelpacker oder Türsteher denken lässt. Mit seinem rasierten Schädel und seinen großen Händen, kann er einem wirklich Angst einflößen. Gut, dass ich nicht mit Jenny allein bin. – Jannik sucht hinter mir Deckung.

„Guten Tag", begrüße ich ihn höflich. Man will ihn ja nicht provozieren.

„Tach!"

„Würden Sie dieser jungen Frau freundlicherweise ihren Laptop zurückgeben?"

„Sind Sie 'n Bulle?"

„Nein, nur ein Bekannter."

Er grinst. „Jenny, was für'n Knacker hast du dir denn da angelacht?"

„Gibst du mir nun meinen Laptop?"

„Nä." Er klappt die Tür erneut zu, sie prallt

wieder gegen Jennys Schuh. „Wenn dir dein Fuß lieb ist, nimm ihn da weg!“

„Mach doch nicht so einen Stress“, tönt aus dem Hintergrund eine Frauenstimme. „Gib ihr halt ihren Kram und komm wieder zu mir.“

„Svenja, du Schlampe“, brüllt Jannik unbeherrscht.

Sein undiplomatisches Vorgehen lässt mich vor Schreck erstarren. Muss er diesen Schrank von einem Mann auch noch reizen?

Zu meiner Überraschung hält Dennis plötzlich den Laptop in der Hand. Svenja hat ihn von hinten zugereicht. Er knallt ihn Jenny in die Arme. „Haut bloß ab ihr Loser!“

Hinter den Türspionen der Nachbarn ist es mal hell mal dunkel. Wir bleiben nicht unbeobachtet.

„Werd’ doch glücklich mit deiner Bitch“, schimpft Jannik noch, als die Tür schon wieder geschlossen ist.

Erneut wird sie aufgerissen. „Jetzt reicht es aber!“

Wie der Blitz saust Jannik ins Treppenhaus.

Der Muskelprotz trampelt ein Stück hinterher. „Lass dich hier nie wieder sehen, du Stück Lauch!“, brüllt er ihm nach, dann hält er inne und kehrt um.

Sicherheitshalber stärke ich Jenny den Rücken, indem ich mich hinter ihr verberge, während ich Dennis zu beruhigen versuche. „Wir gehen auch gleich."

Derweil schiebe ich sie in Richtung Fahrstuhl. Nicht, dass Jenny auch noch etwas falsches sagt.

Der stechende Blick ihres Exfreunds trifft mich eiskalt und lässt mich fast gefrieren. „Gegen dich habe ich nichts. Behalt die Tussi und verschwinde."

Ohne zu antworten verlassen wir dieses ungastliche Haus.

Auf der Straße wartet Jannik. Unsicher schaut er auf Jenny. „Was machen wir jetzt?"

„Ich weiß nicht. Was wolltest *du* eigentlich hier?"

„Ich dachte, vielleicht kann ich Svenja zur Vernunft bringen, aber das ist sinnlos. – Dabei hatten wir so eine schöne Zeit miteinander."

„So wie ich und Dennis. – Fährst du jetzt wieder nach Eisenach?"

„Natürlich. Was soll ich hier noch?"

Endlich wendet sich Jenny wieder an mich. „Vielen Dank, für alles."

„Brauchst du noch die Fahrkarte?"

„Jannik, bist du mit dem Auto hier?"

„Ja, klar. Ich kann dich mitnehmen.“

„Nein, Andi, ich brauche sie nicht mehr. Vielen Dank.“

„Dann nimm wenigstens noch das hier.“ Ich reiche ihr meine Visitenkarte. „Melde dich mal, wenn du gut angekommen bist.“

Sie lacht. „Du bist echt super. Kein anderer hätte das für mich getan.“ Sie umarmt mich und gibt mir einen Kuss auf die Wange.

„Ach was, du brauchtest Hilfe. Andere hätten auch irgendwie geholfen.“

„Aber, dass du meinetwegen sogar auf dein Gepäck verzichtet hast, nur damit ich deine Hilfe annehme...“

„Auf mein Gepäck?“

„Na das war doch dein Trolley! Er stand direkt neben unserem Viererabteil, und du warst der einzige ohne Gepäck. Erst heute Nacht wurde mir bewusst, wie erschrocken du warst, als der Bombenalarm wegen eines herrenlosen Koffers kam. Er war dir bestimmt zu schwer, um ihn in die Gepäckablage zu heben, dann hast du ihn verleugnet und wolltest am Ende nicht als Lügner dastehen. Stimmt's? War aber lieb von dir. Mach's gut.“

Ohne dass mir noch ein Wort einfällt dreht sie

sich wie ein Wirbelwind um, springt in Janniks Wagen und schließt die Tür.

Als er losfährt winke ich nachdenklich hinterher. Hoffentlich bringt ihr dieser Jannik mehr Glück, aber das werde ich wohl nie erfahren. – Na, meine Visitenkarte hat sie ja. Vielleicht meldet sie sich irgendwann mal.

Ach, warum sollte sie?

Kurz mit dem Kopf schüttelnd wende ich mich zurück in die Parkallee und zur Straßenbahn, die mich zum Hauptbahnhof bringt. Bald werde ich zu Hause sein und mich von Jenny erholen. Bestimmt höre ich nie wieder etwas von ihr.

E N D E

Ob Jenny bei Jannik ihr Glück findet oder neue Probleme auf sie zukommen, kann in der Fortsetzung „Wie weiter, Jenny?“ (ISBN: 978-3-7557-3432-1) erlebt werden.

Über den Autor:

Der Berliner Ulrich Conrad, Jahrgang 1966, begann 2004 mit Veröffentlichungen von Fachartikeln und Büchern über Schienenverkehr. Später folgten auch Artikel im Gemeindeblatt der ev. Kirchengemeinde Schönow-Buschgraben.

Ab 2015 besuchte er verschiedene Schreibkurse der Victor-Gollancz-Volkshochschule Steglitz-Zehlendorf, um für Kurzgeschichten und Romane seinen Schreibstil zu verbessern.

Er ist Mitglied der Autorengruppen „Die Schlangenbader“, „Berliner Autorengruppe“, „Hofpoeten“ und „Forum Wort“.

Weiteres über den Autor:

Homepage: www.ulrichconrad.de
FB: https://www.facebook.com/ulrich.conrad.1

Für Informationen über Neuerscheinungen kann der Autor kontaktiert werden, per E-Mail an:

ulrichconrad@yahoo.de

Kurzgeschichten des Autors sind zu finden in:

- Fremd! Jede Geschichte hat zwei Seiten (ISBN: 978-3-95681-136-4)
- Naturidentisches Leben (ISBN: 978-3-7502-5386-5)
- Kreative Viecher (ISBN: 978-3-903296-15-2)
- Hundherum Heldenhaft (ISBN: 978-3-946424-26-0)
- Von Höhenflügen und Abstürzen (ISBN: 978-3-95996-215-5)
- Begrenzt beglückt – grenzenlos genervt (ISBN: 978-3-756206-08-7)

Alle Titel sind über den Buchhandel und direkt beim Autor erhältlich.

In eigener Sache:

Sollte diese Geschichte gefallen haben, würde ich mich über entsprechende Rezensionen, Empfehlungen und wohlwollende Bewertungen an jeder denkbaren Stelle, z. B. auf Buchblogs, auf sozialen Netzwerken oder im Bekanntenkreis sehr freuen, da ich selbst kaum Möglichkeiten zur Werbung habe.

Ulrich Conrad